Ce n'est pas en pleine lumière, c'est au bord de l'ombre que le rayon, en se diffractant, nous confie ses secrets.

Gaston Bachelard

Juillet • 300 kilomètres entre l'**Ombre** et la **Lumière**

KMO

L'Ombre. Commune de Saou (Drôme). Larousse : « Ombre : obscurité produite par un corps interceptant la lumière. »

Je suis allé de l'Ombre à la Lumière à pied.
L'Ombre est un lieu-dit situé dans la Drôme. La Lumière en est un autre situé dans le Var. 300 kilomètres les séparent ; je les ai parcourus à pied, au plus près d'une ligne droite tracée sur la carte.

L'examen de la carte était sans appel. Il s'agissait bien d'un itinéraire montagnard. Aux kilomètres s'ajouterait donc le dénivelé. Cela dit, l'idée d'avoir régulièrement des points de vue n'était pas pour me déplaire : qu'est-ce que l'ombre et la lumière si ce n'est une question de point de vue ?
Je rejoignais donc l'Ombre la fleur au fusil, confiant dans mes capacités à franchir les crêtes successives de l'inextricable relief des Baronnies. Plus haut, toujours plus haut. J'ai franchi les crêtes séparant le Roubion, le Lez, l'Eygue, la Méouge, le Jabron, la Durance et le Verdon ; et j'ai profité de leurs eaux fraîches et abondantes. J'ai gravi la montagne de Lure, traversé les plateaux de Haute-Provence, parcouru la Provence verte. J'ai reniflé la pourriture des ubacs, senti les arômes des adrets et vu, au loin, les Alpes encore enneigées. J'ai étouffé dans les vallées, frissonné au passage des cols, grappillé des cerises et dévoré des abricots. J'ai appris de Jean-Marc et de Lucie, d'Amélie, d'Annick, d'Olaf, de Danielle, d'Agnès, de Jean-Jacques, d'Évelyne et d'Annie, d'André, de Guillaume et de Mustapha, ce qu'ils ont bien voulu me dire sur ce qu'ils savaient de l'ombre et de la lumière. Et de tous les autres, j'ai appris qu'ils étaient là. J'ai passé la nuit dans des fermes bio, des gîtes de groupe déserts, des caravanes et des *mobil homes*. Enfin, je suis allé prendre conseil dans un lieu que se partagent l'ombre et la lumière. Et puis, j'ai vu la Lumière, au bord d'une nationale écrasée de soleil.

Près de l'Ombre. Km 10. **Lucie et Jean-Marc habitent tout près de l'Ombre.** Jean-Marc assure que l'Ombre, c'est chez son frère… Ils accueillent dans leur ferme les visiteurs de passage dans la région, et organisent des randonnées à cheval ou en carriole. Ils sont connus dans la région pour parcourir les routes et les chemins avec leurs chevaux.
Le matin, sur la terrasse ombragée, très tôt. Au milieu des tracteurs, des chevaux et de vieilles caravanes recouvertes de mousse. Partout alentour, les prés.

[Pour vous, que signifie l'expression
« faire son chemin » ?]

(*Silence.*) Vous savez qu'il est sept heures du matin ! Disons que faire son chemin, c'est suivre son destin.

[L'Ombre. La Lumière.
Qu'est-ce que cela évoque pour vous ?]

– La lumière, c'est quand tout va bien ; l'ombre, c'est quand tout va mal. (*Rires.*) Les périodes sombres, c'est l'ombre.
– Pour moi, l'ombre, c'est un moment paisible, un moment de repos, parce que la lumière, c'est quand je travaille dans les champs. (*Silence.*) Vous savez, par rapport à l'Univers, la lumière du Soleil, c'est tout de même bien mystérieux… Pourquoi ça fonctionne ? C'est bizarre, quand on y pense… Et pourquoi sommes-nous là ? (*Silence.*)

[Sur mon chemin, le paysage change sans cesse sous l'effet de
l'ombre et de la lumière. Et sur le vôtre, est-ce que c'est pareil ?]

Bien sûr ! Sinon, ça ne serait pas une vie ! Sinon, on s'ennuierait ! (*Rires.*)

celui qui marche entre l'ombre et la lumière • celui qui marche entre l'ombre et la lumière • celui qui marche entre l'ombre et la lumière • celui qui marche entre l'ombre et la lumière • **Vallée de l'Eyzarette. Roubines.** et la lumière

KM5

KM14

· celui qui marche   Mornans.   et la lumière · celui qui marche entre l'ombre et la lumière · celui qui marche entre l'ombre et la lumière · celui qui marche entre l'ombre et la lumière · celui qui marche entre l'ombre et

Km 46. Amélie habite son petit village de Drôme provençale depuis toujours ; elle y est née. Pour rien au monde elle ne voudrait vivre ailleurs. C'est ici, en venant du Nord, que l'on trouve les premiers oliviers, les premiers figuiers, les premiers abricotiers. Amélie et ses enfants ont investi toute une partie du village : la maison d'Amélie, la maison de ses enfants, le gîte d'étape qu'ils ont construit. La vie s'organise autour du tilleul de la placette du village, où Amélie aime discuter ; elle parle vite et fort. Sur le banc, sous le tilleul, à peine arrivé, le soir. Pierres encore chaudes et bruits du village. Une bière déjà posée sur la table.

[Pour vous, que signifie l'expression « faire son chemin » ?]

Moi, je me suis mariée ici. On travaillait à la ferme, on gardait le troupeau, on trayait les chèvres ; j'aidais mon mari dans les champs. J'élevais mes enfants, on les aidait à faire leurs devoirs, on prenait le goûter avec eux dans les champs ; on soupait, on se douchait, on se couchait… et le lendemain, on recommençait… et on était heureux. Toute ma vie j'ai travaillé à la ferme avec mon mari, je vendais aussi les fromages au village, j'adorais ça. On avait un cheval avec une charrue, et puis on a eu le tracteur. On a construit une maison à chacun de nos enfants et on a partagé les terres. Et puis, un jour, on a décidé de faire le gîte d'étape ; on nous avait dit que ça marcherait… et ça a marché. Maintenant, je suis plus âgée, alors je lève un peu le pied. Quant à mon mari, pour le moment, il est à l'hôpital…

[L'Ombre. La Lumière. Qu'est-ce que cela évoque pour vous ?]

Ma foi, je ne sais pas trop ! Je vois là-bas que c'est noir et je me dis que c'est l'ombre ; et je vois ici que c'est clair et je me dis que c'est la lumière ! (*Rires.*) Et alors ? Est-ce que c'est ça qu'il faut dire ?

[Sur mon chemin, le paysage change sans cesse sous l'effet de l'ombre et de la lumière. Et sur le vôtre, est-ce que c'est pareil ?]

Eh oui, pour moi c'est pareil ! Je me dis : tiens, comme c'est beau ! Et puis parfois, je me dis que c'est moins bien. En tout cas, moi aussi, j'ai toujours aimé marcher, et aller chercher les truffes aussi. Est-ce que c'est ça qu'il faut dire ?

Vallée du Roubion.

KM22

Km 46. **Annick est la belle-fille d'Amélie. Elle n'a pas toujours vécu au village.** Elle s'y est installée après avoir quitté le pays où elle est née, avec le sentiment permanent d'un déracinement profond. Puis, elle y a rencontré son mari. Mais pendant des années, elle a cherché, dit-elle, l'arbre contre lequel précipiter sa voiture.
Le matin, autour d'un café. Repas sur le feu, confitures maison, et spirale antimouches.

[Pour vous, que signifie l'expression « faire son chemin » ?]

Ça veut dire évoluer, mûrir, acquérir de l'expérience… en fait, s'épanouir.

[L'Ombre. La Lumière. Qu'est-ce que cela évoque pour vous ?]

L'ombre évoque, peut-être, le départ ; le départ dans la vie, les choses difficiles, celles qu'on ne contrôle pas. La lumière, c'est l'épanouissement, ce pour quoi on est fait. La lumière, on y va naturellement, quel que soit son chemin. L'ombre, on la croise au détour d'un chemin, on la côtoie. L'ombre, ça existe.

[Sur mon chemin, le paysage change sans cesse sous l'effet de l'ombre et de la lumière. Et sur le vôtre, est-ce que c'est pareil ?]

Vous me parlez de chemin et moi, je pense à ma vie. J'ai eu un départ difficile dans la vie : on m'a chassée, j'ai perdu mes racines. Et j'ai réussi, ici, à en refaire de nouvelles, petit à petit, laborieusement. Aujourd'hui, je suis épanouie, j'ai trouvé mon équilibre. Oui, je pense que j'ai enfin trouvé la paix.

he entre l'ombre et la lumière • celui qui marche entre l'ombre et la lumière • celui qui marche entre l'ombre et la lumière • celui qui marche entre l'ombre et la   Vallée du Roubion, Près de Bouvières,   et la lu

KM30

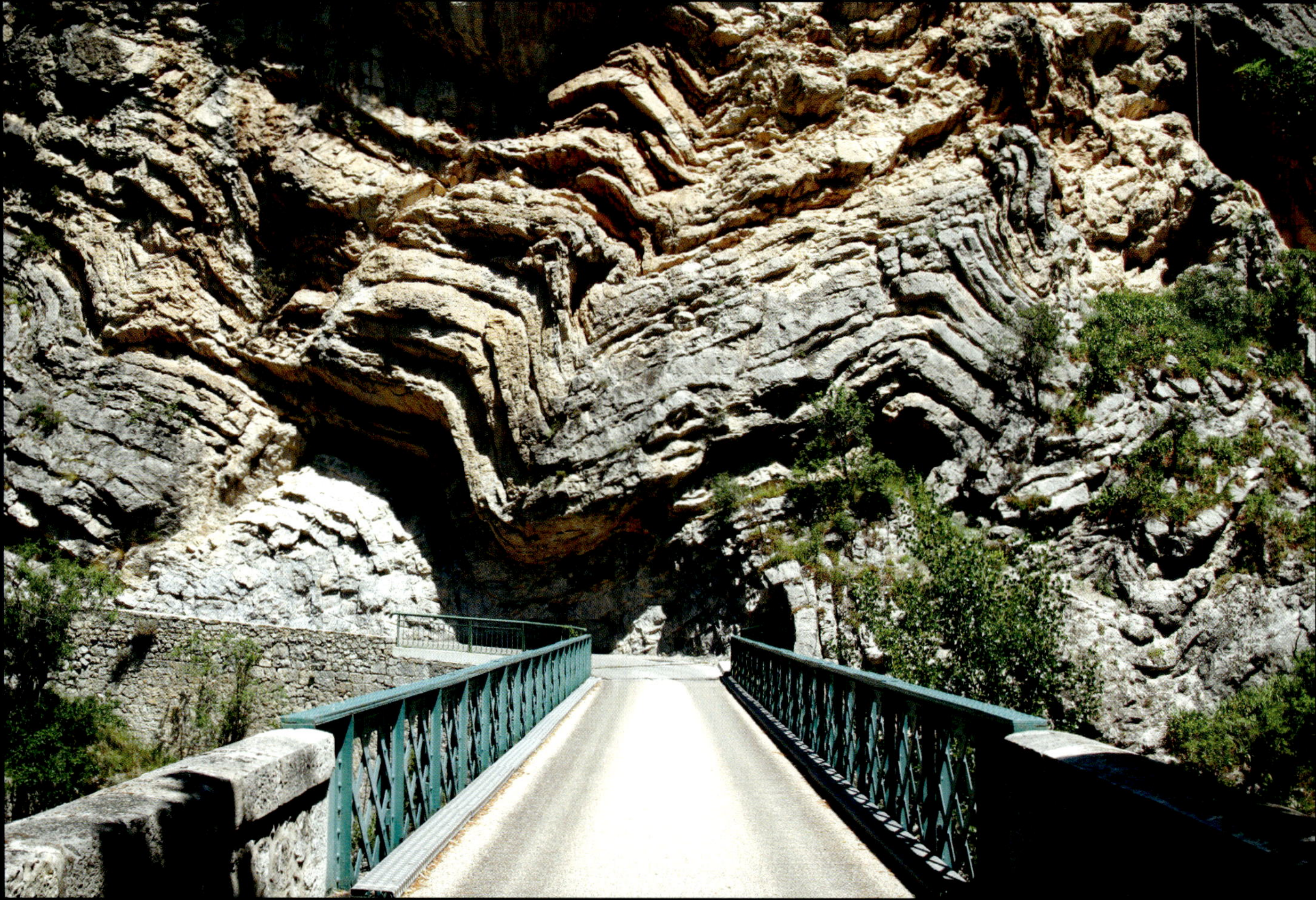

SOS

SAUF RIVERAINS

VIABILITÉ INCERTAINE

marche entre l'ombre et la lumière • celui qui marche entre l'ombre et la lumière • celui qui marche entre l'ombre et la lumière • celui qui marche entre l'ombre et la lumière • celui qui   Vallée de l'Eygues.   KM56

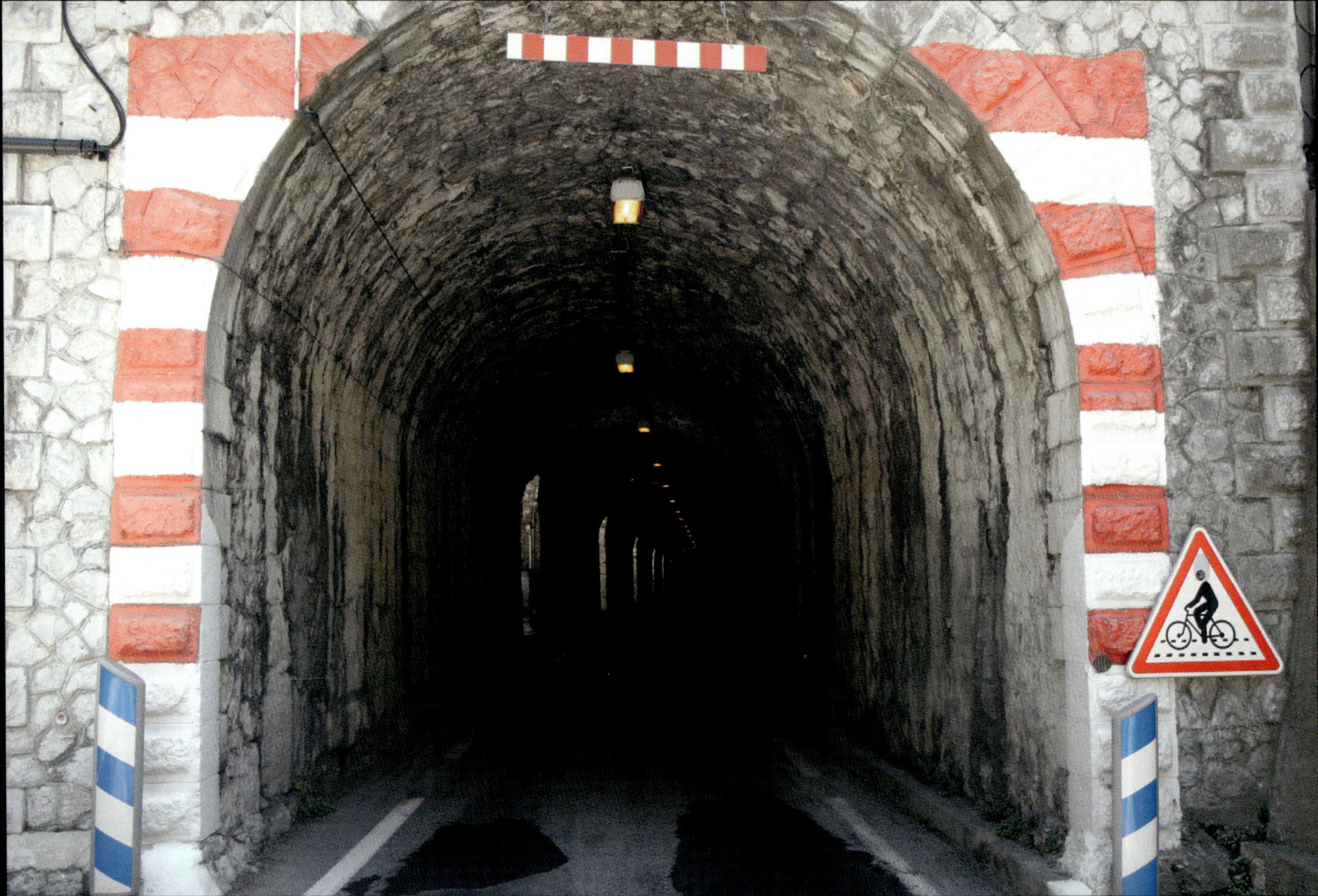

marche entre l'ombre et la lumière • celui qui marche entre l'ombre et la lumière • celui qui marche entre l'ombre et la lumière • celui qui marche entre l'ombre et la lumière • celui qui   Vallée de l'Eygues.   et la lumière.

KM59

-LA
DROM-
ME-

[Pour vous, que signifie l'expression « faire son chemin » ?]

C'est déambuler, être libre.

Km 73. **Olaf, avec ses élèves, a investi un village de montagne.** Professeur de dessin, il enseigne dans une école d'architecture en Belgique. Chacun, assis sur une de ses jambes repliée, dessine avec application les perspectives tracées par les maisons en pierre et les ruelles, en silence.
Crissement des crayons sur le papier. Lumière blanche du début d'après-midi. Une rafale, parfois.

[L'Ombre. La Lumière. Qu'est-ce que cela évoque pour vous ?]

L'ombre et la lumière, pour moi, c'est une histoire d'équilibre ; et même une histoire d'équilibre instable. Quand on se déplace, on est confronté à des équilibres instables. On a des moments de bonheur, et aussi des moments plus difficiles. *(Silence.)* L'ombre et la lumière, c'est une question de proportions. Il y a des espaces avec très peu de lumière, et d'autres avec très peu d'ombre. Alors on balance. Et parfois, au contraire, c'est très équilibré. *(Silence.)* L'ombre est opaque, mais on peut tout imaginer dedans. Et la lumière est transparente, mais on peut s'y perdre : il y une foule de petits espaces où se perdre dans la lumière.

[Sur mon chemin, le paysage change sans cesse sous l'effet de l'ombre et de la lumière. Et sur le vôtre, est-ce que c'est pareil ?]

C'est mon humeur qui change. La lumière est complémentaire de l'ombre et inversement. Je me mets soit dans l'ombre, soit dans la lumière. En vérité, c'est moi qui change ; c'est une question de regard. Le paysage, lui, est constant.

Km 81. En été, Danielle vit dans un petit ranch situé au bord de la route départementale. Avec son ami, elle élève quelques chevaux et sert des repas dans le restaurant qui jouxte le ranch. En hiver, elle vit dans les Alpes, le temps de la saison de ski. Elle aimerait rester toute une année ici dans les Baronnies pour pouvoir avoir le temps de ne rien y faire.
Le matin, autour d'une tasse de café. Premiers rayons du soleil, *mobil home* et odeur de crottin.

[Pour vous, que signifie l'expression « faire son chemin » ?]

Faire son chemin, c'est faire ce pour quoi on est fait, et ce qu'on a envie de faire aussi.

[L'Ombre. La Lumière. Qu'est-ce que cela évoque pour vous ?]

L'ombre et la lumière, c'est comme la haine et l'amour, ou la vie et la mort : ce sont des choses à la fois opposées et complémentaires, l'une n'existe pas sans l'autre. Et en même temps, elles peuvent être très proches l'une de l'autre, difficiles à identifier. (*Sourire énigmatique.*)

[Sur mon chemin, le paysage change sans cesse sous l'effet de l'ombre et de la lumière. Et sur le vôtre, est-ce que c'est pareil ?]

Mon ami et moi, nous avons une double vie, puisque nous vivons dans deux endroits différents. Mais je ne crois pas que ça change grand-chose au fond. Partout où je suis, j'aime me lever tôt, j'aime sentir les odeurs, j'aime parler avec les gens. Le paysage change sans cesse en apparence, c'est vrai ; mais le désir d'en profiter, lui, reste constant.

...he entre l'ombre et la lumière • celui qui marche entre l'ombre et la lumière • celui qui marche entre l'ombre et la lumière • celui qui marche entre l'ombre et la lumière • celui qui **Vallée de la Méouge,** et la lu...

KM99

Km 103. Agnès habite avec son ami une ferme isolée des Baronnies située sur un adret ensoleillé à mille mètres d'altitude. Elle est agricultrice bio, militante écologiste, maire du village et mère de quatre enfants.

Sur la terrasse, le soir, un tuyau d'arrosage dans une main, et un sceau pour donner à manger aux veaux dans l'autre. Envie de parler. Murs chauffés au soleil, abeilles dans la treille et, finalement, un verre de rosé partagé.

[Pour vous, que signifie l'expression « faire son chemin » ?]

Pour moi, ça a été surtout ne pas suivre un chemin tracé d'avance. Ici, nous cultivons bio depuis vingt-cinq ans ; nous avons créé une école alternative avec d'autres familles ; et nous avons construit un gîte d'étape. Cette vie que nous avons, nous l'avons voulue.

[L'Ombre. La Lumière. Qu'est-ce que cela évoque pour vous ?]

Cela évoque toutes les choses doubles qu'il faut avoir vécues pour savoir ce qu'elles veulent dire. On ne peut pas connaître la lumière si l'on n'a pas croisé l'ombre, tout comme on ne peut pas connaître l'amour si l'on ne sait pas ce qu'est la haine.

[Sur mon chemin, le paysage change sans cesse sous l'effet de l'ombre et de la lumière. Et sur le vôtre, est-ce que c'est pareil ?]

Ici, dans les Baronnies, nous sommes baignés de lumière. Mais je me méfie des gens qui se prennent pour des anges, qui ne jurent que par l'amour, qui déclarent ne connaître que la lumière. On ne peut connaître la lumière que si l'on sait identifier les zones d'ombre que l'on a en soi. La violence est le fait de personnes qui ne connaissent pas la part d'ombre qu'elles ont en elles. Et cette part d'ombre, si vous ne la connaissez pas, vous ne vous connaissez pas vous-même.

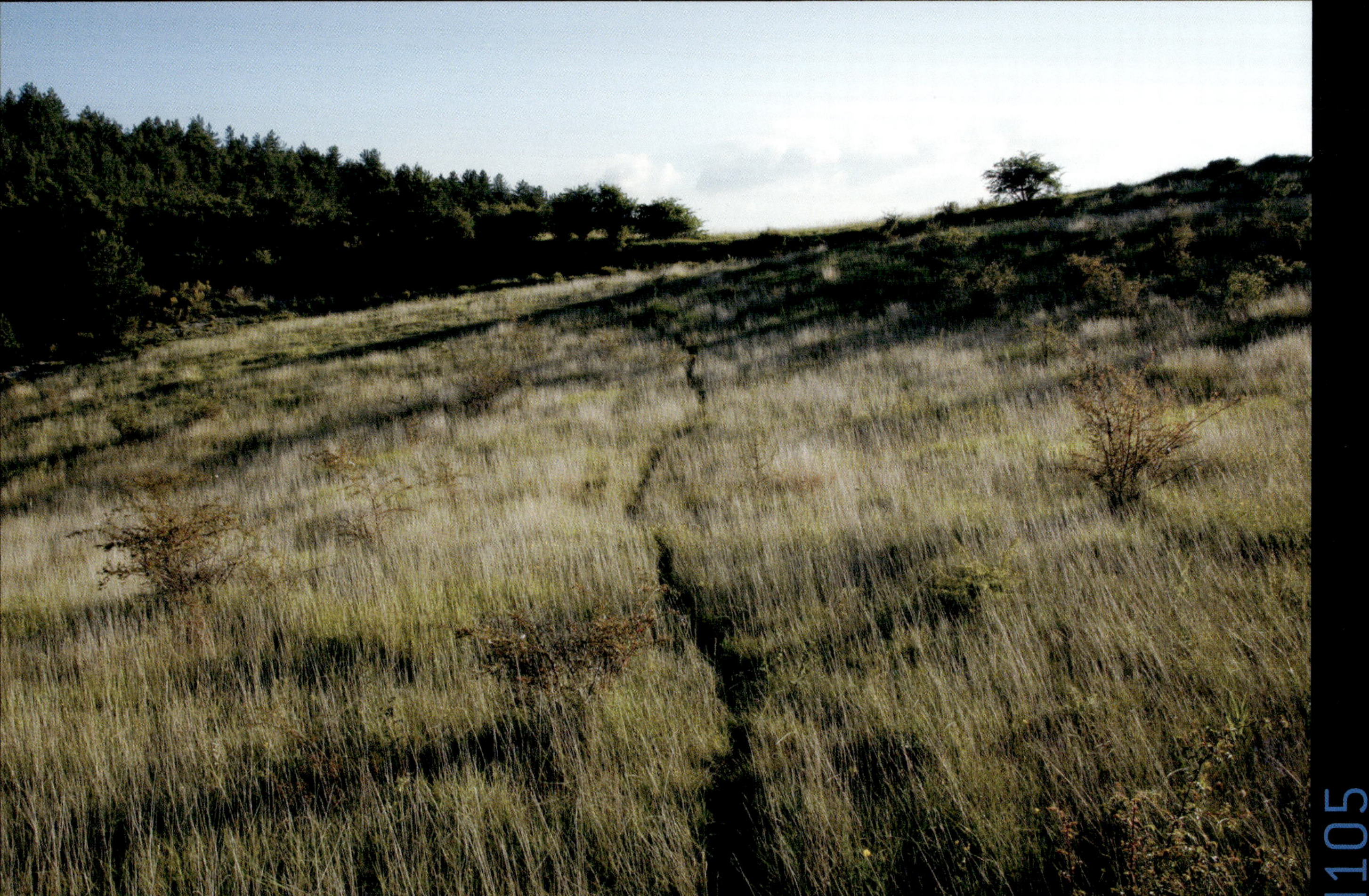
1105

KM110   qui marche **Vallée de la Méouge. Près d'Eygalayes.** marche entre l'ombre et la lumière • celui qui marche entre l'ombre et la lumière • celui qui marche entre l'ombre et la lumière • celui qui marche entre l'ombr

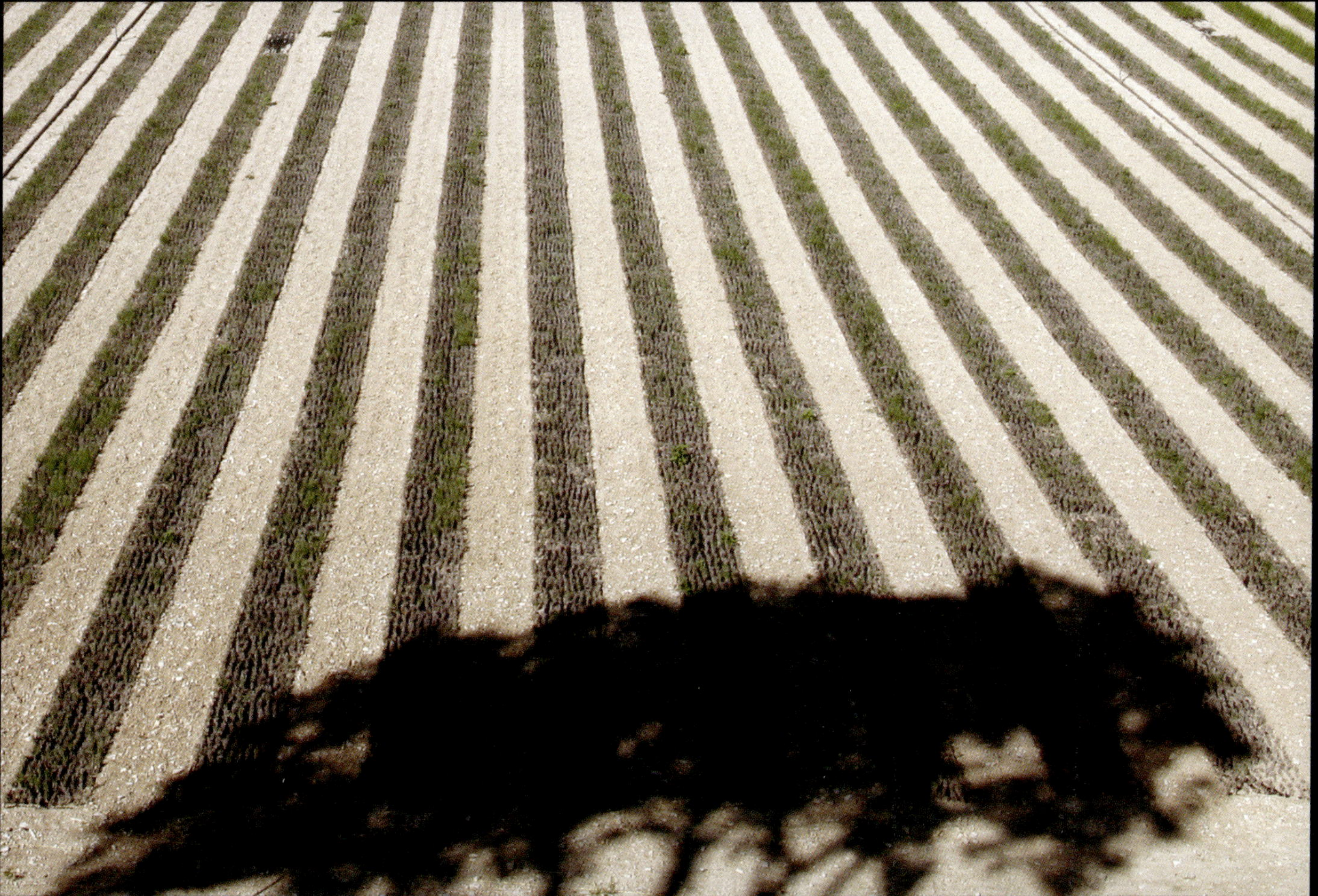

Km 150. **Jean-Jacques vit avec son amie, Colette, au milieu des pins, des fayards et des chênes, au pied d'une immense montagne.** Cette montagne est si haute devant eux qu'elle cache le soleil six semaines par an, du 3 décembre au 14 janvier.
Le soir, dans la cuisine. Colette partie dormir dehors quelque part dans la forêt, pour la nuit. Autant de lieux pour dormir, par ici, que d'endroits où le soleil arrive, le matin. Autant de lieux pour dormir, par là, que de traces laissées par les chevreuils.

Montagne de Lure. Cairn.

[Pour vous, que signifie l'expression « faire son chemin » ?]

C'est vivre ma vie en vibrant, en fonction des moments, des rencontres, du jour. Mon chemin change souvent. Il n'est pas linéaire, il y a des embranchements. Je vais à gauche, à droite. Mon chemin est un chemin de campagne, voire même un chemin de montagne, jamais une autoroute. En France, je vais peu en ville, j'y trouve les gens tristes. Cet univers n'est pas le mien.

[L'Ombre. La Lumière. Qu'est-ce que cela évoque pour vous ?]

Ce lieu où nous sommes. Le versant nord, c'est l'ombre, tout l'hiver ; et le versant sud, c'est la lumière, toute l'année. Et nous choisissons le lieu où nous préférons être. Nous marchons beaucoup, souvent aux mêmes endroits, selon notre humeur et ce que nous espérons trouver : grand beau temps, mistral, tempête de neige, la lumière de l'adret en hiver, la fraîcheur de l'ubac en été. Le choix entre l'ombre et la lumière détermine notre chemin.

[Sur mon chemin, le paysage change sans cesse sous l'effet de l'ombre et de la lumière. Et sur le vôtre, est-ce que c'est pareil ?]

Oui. Dans la vie, il y a des moments d'ombre et d'autres de lumière. On a tendance à associer l'ombre aux moments difficiles mais, en réalité, les moments d'ombre sont comme les cassures du relief. Elles font partie du chemin ; il faut les accepter. Il y a beaucoup de vie dans l'ombre, peut-être davantage qu'en pleine lumière. À l'ombre des versants nord, les arbres sont plus grands, la forêt plus belle. La nuit, aussi, est belle. Partout.

marche entre l'ombre et la lumière • celui qui marche entre l'ombre et la lumière • celui qui marche entre l'ombre et la lumière • celui qui marche entre l'ombre et la lumière • celui **Montagne de Lure. Cairn.** et la lumière

KM156

158

…he entre l'ombre et la lumière • celui qui marche entre l'ombre et la lumière • celui qui marche entre l'ombre et la lumière • celui qui marche entre l'ombre et la   Vallée de la Durance. Le canal d'Oraison.   et la lu…

KM·174

KM175

Vallée de la Durance. Les Mées. Les Pénitents. entre l'ombre et la lumière • celui qui marche entre l'ombre et la lumière • celui qui marche entre l'ombre et la lumière • celui qui marche entre l'ombre et l marche entre l'ombre et la lumière • celui qui marche entre l'ombre et la lumière • celui qui marche entre l'ombre et la lumière • celui qui marche entre l'ombre et la lumière • celui qui **Plateau de Valensole.** et la lumière

KM180

Km 185. **Évelyne et Annie sont amies, toutes deux retraitées parisiennes.** Elles passent une partie de l'année dans une maison située de l'autre côté de la Durance, vers Forcalquier. Elles se promènent sur le plateau de Valensole, qu'elles trouvent pur, lumineux, léger. C'est vrai.
Foulard coloré, bon pas et pique-nique sur le dos. Et tout près, les lavandes.

[Pour vous, que signifie l'expression « faire son chemin » ?]

(Silence.) Faire son chemin… (Silence.) C'est le mot « faire » qui me gêne. Pour moi, ce serait plutôt « laisser faire » que « faire »… (Rires.)

[L'Ombre. La Lumière. Qu'est-ce que cela évoque pour vous ?]

– Le contraste. (Silence.) Le jeu. (Silence.) L'équilibre… Le jeu d'équilibre entre les deux.
– Pour moi, l'ombre, ici, c'est se reposer du soleil. Je me mets à l'ombre dans mon jardin.

[Sur mon chemin, le paysage change sans cesse sous l'effet de l'ombre et de la lumière. Et sur le vôtre, est-ce que c'est pareil ?]

Vous voyez, par exemple, dans mon jardin, la végétation était très touffue. Depuis trois ou quatre ans, j'élague, j'élague et j'élague encore pour pouvoir voir le jeu entre l'ombre et la lumière. J'aime voir les ombres qui diminuent, j'aime quand les arbres deviennent des cadrans solaires. J'aime bien, aussi, dire l'heure qu'il est en regardant l'ombre de mon tilleul. (Silence.) Vous connaissez le jeu du « chat-ombre » ? Chat ! (Et Annie de sauter sur son ombre, sans succès.) C'est difficile de marcher sur son ombre. C'est plus facile de marcher sur celle des autres ! (Et Annie de sauter sur l'ombre d'Évelyne. Touché !)

KM189 qui marche **Plateau de Valensole. Vers Puimichel.** marche entre l'ombre et la lumière • celui qui marche entre l'ombre et la lumière • celui qui marche entre l'ombre et la lumière • celui qui marche entre l'ombre

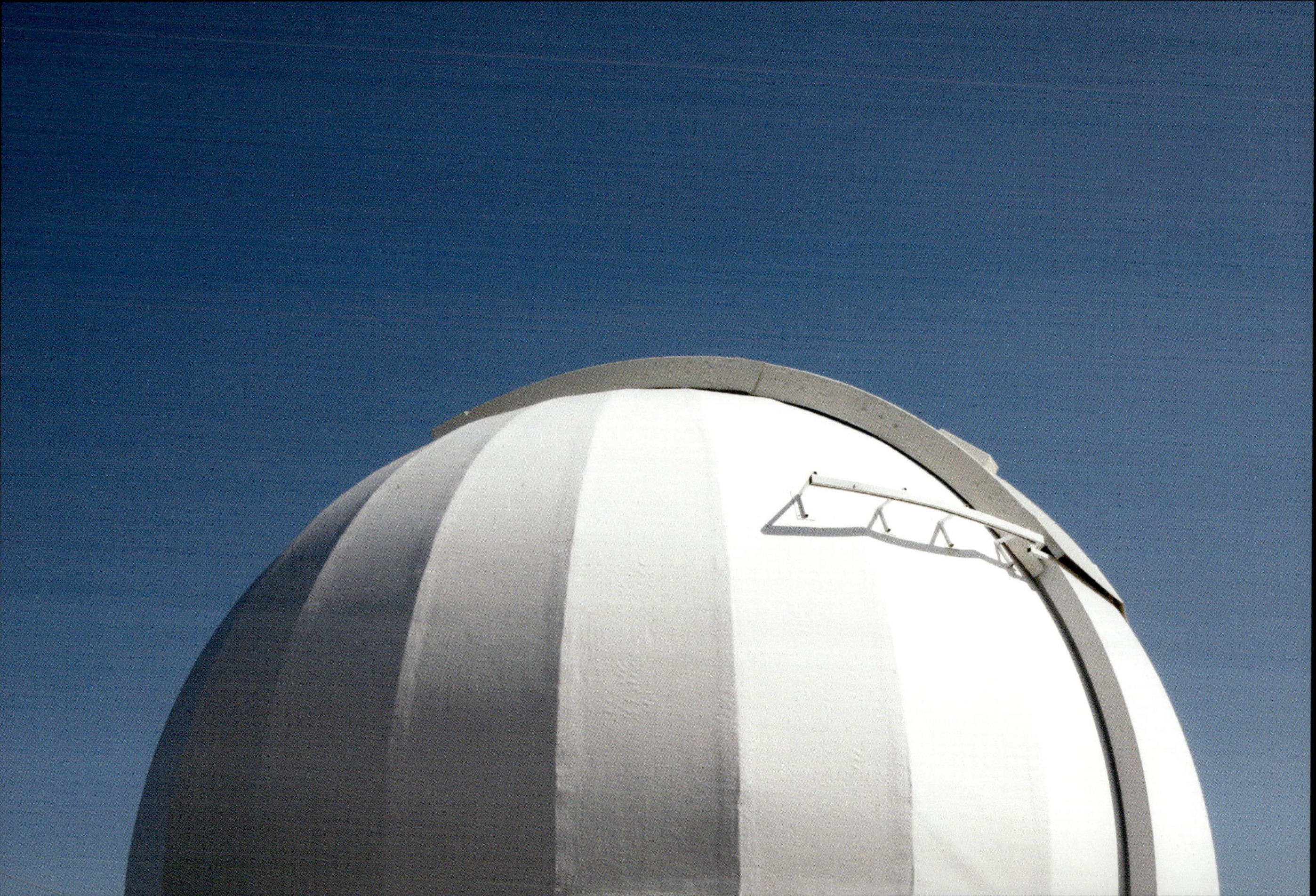

Km 194. **André est arrivé du nord de l'Europe il y a vingt-six ans.** Il s'est installé en Haute-Provence pour se consacrer à l'astronomie. Il a construit lui-même son observatoire astronomique, où il entretient en plein ciel des lentilles astronomiques en verre, de toutes les tailles, reçues de plusieurs pays du monde. Dans son observatoire, au sommet de la colline, entre Provence, montagne de Lure, Dévoluy et gorges du Verdon. Bruits des outils de ponçage et reflets des miroirs.

[Pour vous, que signifie l'expression « faire son chemin » ?]

C'est être né, et se découvrir une passion ; et cette passion oriente le chemin.

[L'Ombre. La Lumière. Qu'est-ce que cela évoque pour vous ?]

Moi, je cherche tout le temps l'ombre, l'ombre de la terre, c'est-à-dire la nuit ; je peux mieux profiter de la lumière qui vient de l'Univers. Je profite de la nuit pendant que le soleil n'est pas là !

[Sur mon chemin, le paysage change sans cesse sous l'effet de l'ombre et de la lumière. Et sur le vôtre, est-ce que c'est pareil ?]

Bien sûr, c'est pareil, et il faut bien profiter des contrastes. Ils nous apprennent beaucoup de choses. On est beaucoup plus longtemps dans l'ombre que dans la vie, et notre vie, c'est très peu de chose dans l'Univers. La vie, c'est la lumière ; et la lumière, c'est ce qu'on cherche à comprendre. L'ombre est la condition pour comprendre la lumière.

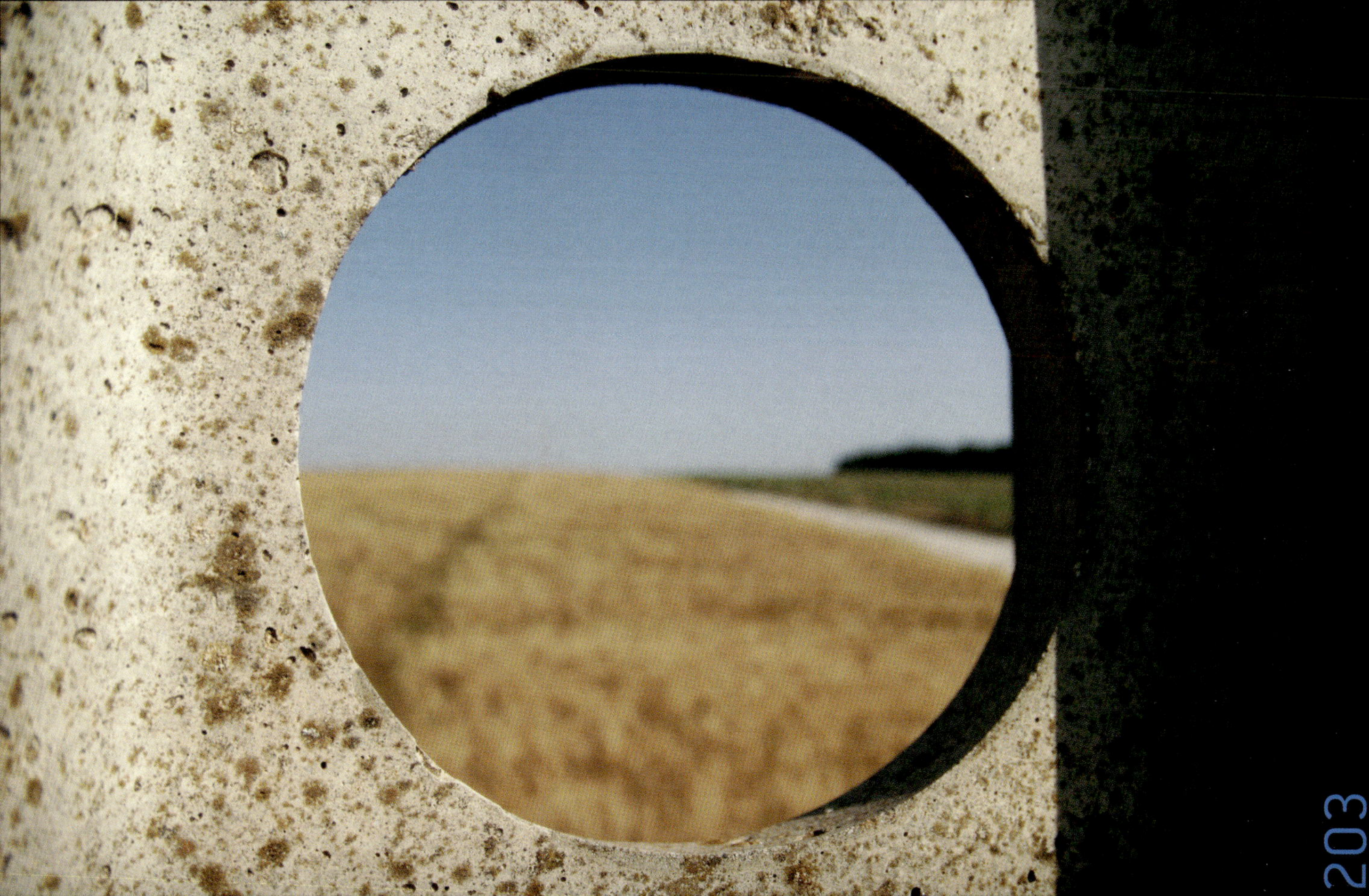

KM217

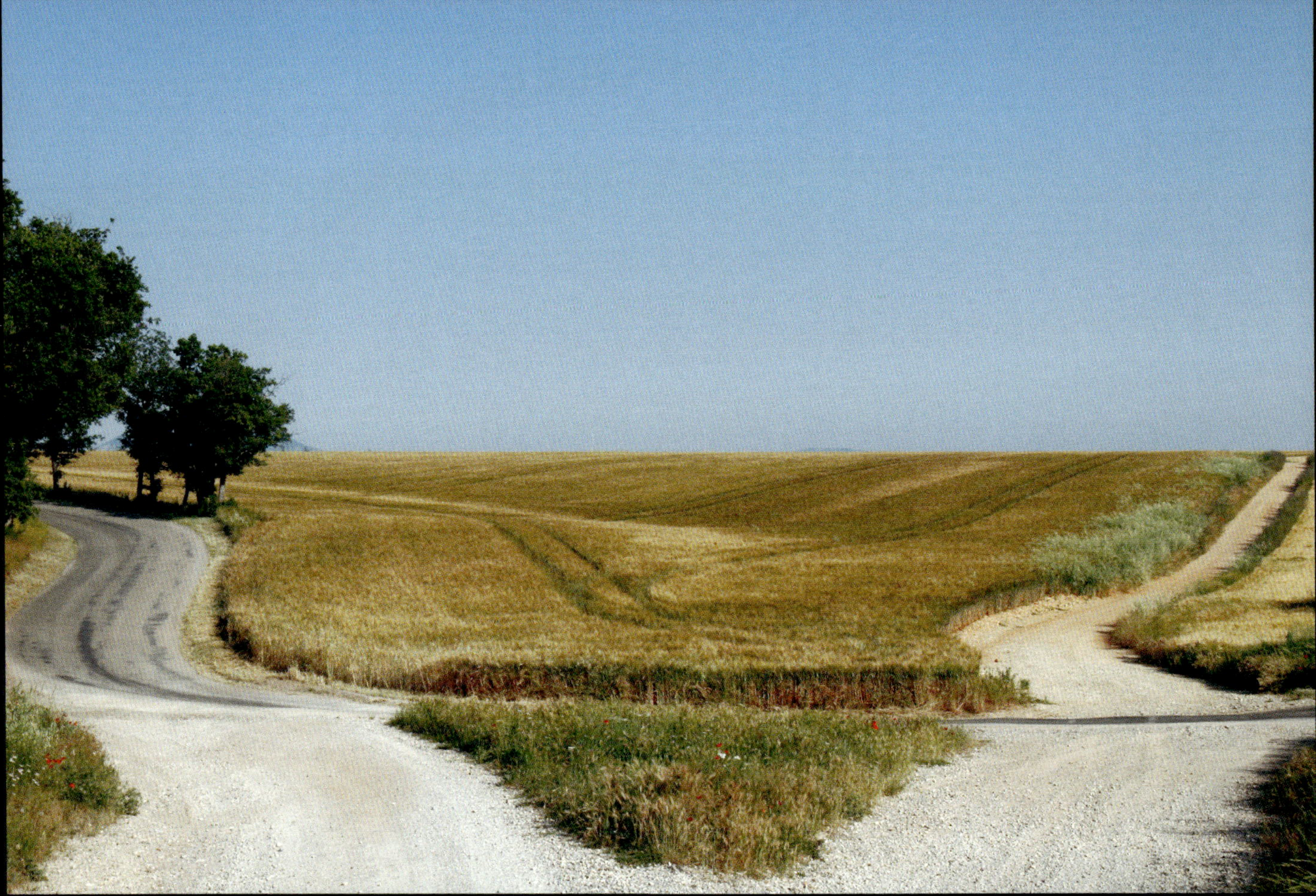

Plateau de Valensole, Vers Riez.

KM226

KM229

celui qui marche   Plateau de Valensole. Vers Sainte-Croix-du-Verdon.   l'ombre et la lumière • celui qui marche entre l'ombre et la lumière • celui qui marche entre l'ombre et la lumière • celui qui marche entre l'ombre et l celui qui marche entre l'ombre et la lumière • celui qui marche entre l'ombre et la lumière • celui qui marche entre l'ombre et la lumière • celui qui marche entre l'ombre et la lumière • Lac de Sainte-Croix-du-Verdon.

KM240

KM248

268

celui qui marche **KM277** Provence verte. Villecroze. • celui qui marche entre l'ombre et la lumière • celui qui marche entre l'ombre et la lumière • celui qui marche entre l'ombre et la lumière • celui qui marche entre l'ombre et la

Km 277. Guillaume vit dans le village de Provence où il est né. Mustapha vient de s'installer avec Guillaume : une nouvelle vie commence pour lui, et pour eux.
Guillaume crée et fabrique des bijoux en céramique qu'il vend sur les marchés. Il connaît tout le monde au village, et tout le monde le connaît.
Dans l'atelier de Guillaume, près du four à céramique. Allées et venues des amis, des visiteurs et des acheteurs. En projet, une bière en terrasse.

[L'Ombre. La Lumière.
Qu'est-ce que cela évoque pour vous ?]

– (Silence.) Toi qui es un artiste, Guillaume, tu devrais savoir !
– Moi, je n'aime pas l'ombre, que j'associe à la mort, pas plus que la lumière, qui est d'ordre religieux.
– Pourtant un artiste travaille dans l'ombre avant d'être connu ! Pour moi, l'ombre, c'est la discrétion, le retrait, la timidité : ce n'est pas négatif. Et la lumière, c'est se montrer, se mettre en avant. On peut apprécier l'ombre et la lumière à la fois, ce n'est pas incompatible.
– Non, pour moi, l'ombre est triste, et la lumière trop voyante. Je préfère les ambiances tamisées…

[Pour vous, que signifie l'expression
« faire son chemin » ?]

– Ah ! Pour moi, c'est d'actualité ! Faire son chemin, c'est continuer à vivre tout en adaptant son parcours. C'est suivre son destin. Et toi, Guillaume ?
– Pour moi, c'est être au plus proche de sa réalité, ne jamais se trahir, et rester fidèle à soi-même. Pour ma part, c'est un chemin au jour le jour.
– Ah ! Alors, tu n'as pas de projet, Guillaume ?
– Mon projet, c'est de suivre un chemin modeste que je débroussaille tranquillement, puis que je laisse un moment avant d'y retourner ; on n'est pas là pour construire des autoroutes ! Un chemin, cela se fait en douceur.

[Sur mon chemin, le paysage change sans cesse sous l'effet de l'ombre et de la lumière. Et sur le vôtre, est-ce que c'est pareil ?]

– Pour moi, le chemin peut changer, mais il me faut de la stabilité. Je suis comme un cheval : j'aime bien partir en promenade, mais je préfère encore rentrer à l'écurie… (Rires.) Et toi, Mustapha ?
– Pour moi, il faut que le paysage évolue sans cesse. J'aime bien les embûches, les failles, les accidents de parcours. C'est ce qui fait le piment de la vie.
– Et tu ne prendrais pas le chemin qui rentre à la maison ?
– Non, car je le connais par cœur.
– Donc une fois que tu as fait un tour, tu passes ton chemin ?
– Oui, et je change de village. (Silence.) L'ombre, c'est de là que je viens ; c'est ce qui est acquis. Et la lumière est mon avenir. On est obligé de passer par l'ombre pour aller vers la lumière ; et je veux aller vers la lumière. Le seul voyage qui ne va pas dans ce sens, c'est celui vers la mort. Alors vivons ! Plus tard, nous verrons.

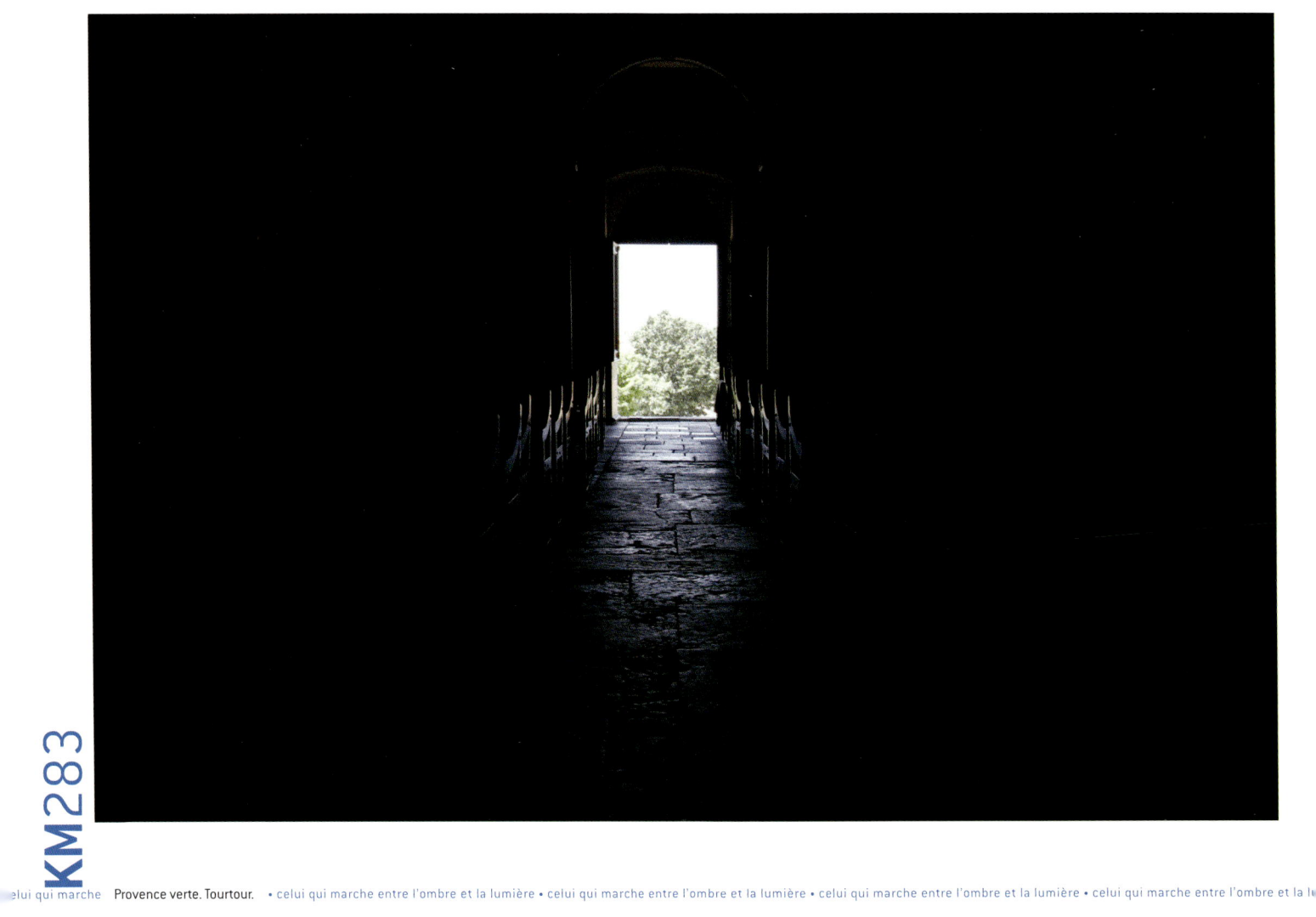

KM283 Provence verte. Tourtour. • celui qui marche entre l'ombre et la lumière • celui qui marche entre l'ombre et la lumière • celui qui marche entre l'ombre et la lumière • celui qui marche entre l'ombre et la lu

marche entre l'ombre et la lumière • celui qui marche entre l'ombre et la lumière • celui qui marche entre l'ombre et la lumière • celui qui marche entre l'ombre   Provence verte. Abbaye du Thoronet.   l'ombre et la lumière

KM295

Les trois questions posées aux sœurs de l'ordre de Bethléem. Km 294.
Tout près de l'abbaye cistercienne du Thoronet, et à quelques kilomètres de la Lumière, vivent isolées quelques sœurs de l'ordre de Bethléem.
À l'interphone du bâtiment où elles sont recluses, en ligne avec une sœur. Le doigt posé sur l'interphone, la première question posée. Soleil, canicule, sueur. À l'autre bout du fil, une voix, extraordinairement douce et posée, une sœur.

Monsieur, je serais ravie de répondre à vos questions. Cependant, les sœurs et moi-même avons fait vœu de silence et vivons retranchées du monde. Ici-bas, nous avons choisi l'ombre car la lumière, au-delà, ne fait pas de doute pour nous. Je ne puis vous en dire davantage.

Et pourtant, tout autour de moi, ici-bas déjà, la nature exubérante et la lumière éclatante, partout.

marche entre l'ombre et la lumière • celui qui marche entre l'ombre La Lumière. Commune du Thoronet (Var). Larousse : « Lumière : ce qui éclaire, naturellement ou artificiellement, les objets et les rend visibles. » et la lumière

KM300

© le cherche midi, 2008
23, rue du Cherche-Midi, 75006 Paris
Vous pouvez consulter notre catalogue général et l'annonce de nos prochaines parutions
sur notre site Internet : cherche-midi.com

Conception graphique : Corinne Liger
Photogravure : Atelier Édition
Imprimé en France par Pollina - L48454D
Dépôt légal : octobre 2008
N° d'édition : 1312
ISBN : 978-2-7491-1312-8